Fruto Do Teu Ventre

EHS EDIÇÕES

Edição: Eriberto Henrique
Organização: Eriberto Henrique e Julliane Santos
Revisão: Julliane Santos/Eriberto Henrique
Capa: Eriberto Henrique
Diagramação: Eriberto Henrique

Título: Coletânea Fruto Do Teu Ventre
Vários Autores
ISBN: 978-65-991001-5-4

Copyright © EHS EDIÇÕES, Jaboatão dos Guararapes-PE. 2020.

Coletânea

FRUTO DO TEU VENTRE

1 ª Edição 2020

Organizadores Julliane & Eriberto

Apresentação

Fruto Do Teu Ventre, é muito mais do que um livro, é uma celebração, uma linda e poética homenagem a todas as mães do mundo, essas guerreiras, semeadoras, exemplos de vida e de amor.

Com autores de todo o Brasil, Fruto Do Teu Ventre é uma coletânea temática, cheia de sentimentos, reflexões, nostalgia e simbolismo. Onde a saudade e o amor fazem morada, em ninhos poéticos do coração.

Índice

Davi Moreira Busquet, nasceu no Rio de Janeiro-RJ, é socorrista do Corpo de Bombeiros Militar do Rio de Janeiro e escritor nas horas vagas, é autor dos contos "O Último Alimento do Demônio", "A Parede" e "Um Dia" com publicação em breve.

CHORO

Por Davi Moreira Busquet

Quando, com linguagem primal, pedi
O leite que da mama orgulhosa brotava,
Da larga boca, em gritos, vaidosa ouvi
Que aquele berreiro animal a irritava.

Pequenas descobertas que lhe mostrei
Não eram do interesse da vida adulta.
Sob dores perpétuas em que me ocultei,
Não havia ser que me explicasse a culpa.

Em fase incisiva, quando tudo me definia,
As escolhas erradas carreguei sem pensar:
O filho largado que ninguém mais queria,
Fruto indesejado que você há de ignorar!

Por que tu me abortas em vida já plena?
Renegas como quem escolhe uma blusa,
Lança à calçada, condenando à novena
O escravo em cordas que não vale a lambuja.

Os anos da carne me trouxeram à razão. A lembrança
suave da mãe que era minha
Destilando o veneno em seu coração:
Findará os seus dias na varanda sozinha.

Fabiana Zanela Fachinelli, de
Caxias do Sul/RS. Cursei
Magistério, Graduada em
Administração, Pós-graduada em
Informática Educativa, Formação
Pedagógica e Formação para
Escritores. Professora de
Informática. Autora de poemas,
contos, artigos.

ENQUANTO MÃES...
Por Fabiana Zanela Fachinelli

Enquanto mães amamos incondicionalmente,
queremos ser amantes e amadas sempre,
apesar de não ser fácil ser mãe o tempo todo,
infinita é a procura da felicidade, equilíbrio e verdade,
muitos conflitos, tentamos resolver, nem sempre dá,
não queremos guerra, fome ou dor, queremos paz,
os pensamentos voam alto demais,
somos inspiração, poesia, magia,
na dor encontramos esperança,
acendemos a luz da alma,
falamos com sentimentos que acalma,
a beleza é de um diamante à lapidar,
felizes ou tristes mas tão perspicaz,
gostamos de flores, encantos, de nos perfumar,
não há palavras que simplifiquem a ternura de uma mãe,
com sensibilidade choramos, sorrimos, cantamos
as mais belas canções de ninar.
Enquanto mães amamos a vida e geramos vida!

PARA MINHA MÃE

Por Fabiana Zanela Fachinelli

Minha amada mãe
parece que foi ontem que estava aqui
queria poder ter mais um dia, sim...
durante anos fui feliz e protegida, não sabia
até você partir
mãe, que hoje está junto da Mãe Maria
obrigada por me ensinar a primeira oração
a mais pura e bela: Ave Maria!
sou feliz porque o que ensinou está aqui
a primeira historinha, a primeira canção
lembranças eternas no meu coração
lembro mãe quando eu era pequena
desenhava para você
e o que faço hoje é poesia
que por tempos não conseguia escrever
quisera eu não sentir tantas saudades
de suas palavras, do carinho, da amizade
até um dia mãe, na eternidade!

Gabrielle Roveda, uma bailarina ultrapassada, apaixonada por ciência, música, psicologia e literatura. Com contos publicados em oito antologias entre 2019 e 2020, cronista cafona no blog *Florejar.com* e como todo escritor que se preze, adepta do vício etéreo por café.

MÚLTIPLA DE AMOR
Por Gabrielle Roveda

Tu, que foste singularidade
Parte da multiplicação de quem já se foi
Hoje é algoritmo multiplicador
Dona de um único coração estufado de carinho
Despeja sem censura todo o amor
Enviesado na linha tênue da tua trajetória percorrida

Tu, outrora menina e mulher
Carrega na ramificação da alma mais um título
Não só de mãe, de heroína pautada
Em histórias omissas na grade da tua fidedigna memória
No ínfimo do conhecimento autodidata
De erros e acertos que te custaram mil sonos

Tu, mãe de mil faces e um só coração
Múltipla de amores sem moeda de troca
Refém de angustias sonegadas pela liberdade
Daqueles que da tua essência formaram novos horizontes

Eu, pilar acolhido pelo teu acervo singelo
Suspiro entre orgulho e saudade e contrario a razão
Ao afirmar, com veemência, que o infinito é cálculo
matemático
E tem valor definido no calor do teu
abraço.

ELO
Por Gabrielle Roveda

Mãe, me ensinaste a ser par
Na tua sinestésica matemática do amor
De sentir por dois...
De chorar por dois...
De sorrir por dois...
Deixou de ser uma para tornar-te nós.

Em lampejos vislumbro meu elo
Pelo calo de tuas mãos vividas em dobro.
Além de mãe, mulher.
Outrora singular, de omissas histórias
Deixou-se sofrer a perda de um eu
Para o ganho de dois.

Me escolheste aprendiz
E de ti serei eterna partícula.
Subatômica de um todo complexo
Um traço teu, do ético ao genético.

A polir minha egoísta singularidade
Deslumbro teu feitio duplicidade
O melhor sinônimo de empatia que encontro
Ao te ver ser o melhor de si por nós

Geovana Rios, nasceu no ano de 1998 no interior da Bahia. Ingressou no mundo mágico das palavras desde cedo, tendo sua mãe como professora. Apaixonada por livros e poesias, uniu suas maiores paixões em *Madrugada Poética*, sua primeira obra e participou de diversas antologias.

QUERIDA MÃE
Por Geovana Rios

guardou-me em teu ventre
por nove meses
acolheu-me e cuidou-me
minha querida mãe.

com teu amor maternal
se fez presente
como quem sente
como quem sabe amar.

mãe, tu és ouro
maior que qualquer tesouro
és singular.

ETERNA MÃE

Por Geovana Rios

mãe, você transcende
a vida que surge em teu ventre
é abençoada em te ter.

se eu pudesse fazer um pedido
pediria a eternidade para ti
ou calma ao tempo
para que caminhasse lento
e me permitisse viver
mais da vida
com você...
mãe.

Hélio Sena, cearense, professor, contista & poeta. Publicou as seguintes obras: Falsidade da Noite, Estrela é Mesmo um Bicho Bom e Nós & a Rosa, além de participações em diversas coletâneas.

POEMA DA MÃE
(O Órfão)
Por Hélio Sena

O fel
de tua
saudade
não será,
doravante,
o dissabor
da minha vida...
....
....
....
... Pois
haverá
sempre
o mel
de tua
lembrança
– *esse* mel
irresistível
maior
que
a imensidão
da dor!...

MINHAS MARIAS
Por Hélio Sena

Antes –

Duas Marias:
uma na terra,
outra no céu.
E ambas
minhas Mães...

Agora –

Ainda Marias,
ainda Mamães.
Sempre duas...
sempre
em meu coração!

Mas...
ambas no céu.

Henrique Lucas, é natural de
Careiro – AM; Professor e Mestre
em Ciências da Educação;
Membro das Academia de Letras e
Culturas da Amazônia –
ALCAMA, da Academia de
Ciências, Letras e Artes do Brasil
– ACILBRAS é, autor de Braços
do Sol e Meninos de Papel e tem
participação em várias antologias.

MINHA ÚLTIMA FLOR!
Por Henrique Lucas

Mãe Edna! A cortina de minha vida
Sua partida foi amarga, é dor, é fato
Recordo de teus olhos e cabelos negros
Do seu generoso e carinhoso abraço

Você partiu naquela manhã, tão jovem
Quebrando as leis da natureza cruel
Nos deixou tão pequeninos e indefesos
E foi morar com os anjos lá no céu

A vida de juventude, paz e alegria
Era um sonho tomar bênçãos de Ti
Vê você sofrendo e ouvir tua dor
Foi devastador vê você partir

A tua fotografia o tempo levou
O teu broto o Criador arrebatou
Perdoa-me nesta poesia mãezinha
Eu te amo! Mãe meu eterno amor

O teu nome sempre vou recordar
E sentir na solidão o teu, afeto e calor
Mãe Edna! Minha rainha celeste
Minha natureza, minha última flor

MÃE! ORVALHO DO AMANHECER

Por Henrique Lucas

Mãe! És meu presente divino
O teu nome é doce feito mel
Dos poetas, anjos e trovadores
És a mais bela estrela dos céus

Em cada amanhecer e entardecer
Você é a mais rítmica e bela canção
Que me abençoa, afaga e batiza
Enchendo de felicidade meu coração

Mãe meu santuário de encantos
O teu sorriso é sinônimo de dedicação
É uma vereda de harmonia e paz
Que me perdoa com compaixão

Mãe hoje eu quero te agradecer
Pelo dom da vida, pelo meu viver
Parabéns minha excelsa mãezinha
Minha rainha! Orvalho do amanhecer!

Jailson França, natural de Orobó – PE. Apenas escrevia para apreciamento próprio. Agora expõe algumas de suas composições em coletâneas, e anseia pelo contentamento dos leitores dessa magnífica obra.

MÃE
Por Jailson França

É o ser supremo do cuidado
De alma nobre, semblante admirado
É reduto de coragem e de fé,
De coração mole e avantajado
Fonte de um sentimento ilimitado
É um anjo em forma de mulher.

É um poço insecável de esperança
Bem serena e virtuosa por herança
Traz a fórmula da cura em seu poder,
Tem do amor divino a semelhança
Sabedoria com bondade em abastança
E a essência da pureza em seu ser.

É preparada pra lutar em qualquer guerra
Com estratégia eficaz que nunca erra
Sempre pronta pra servir ou interceder,
Digo agora no poema em que se encerra
Que mãe é o Deus vivo aqui na terra
Com a missão de seu filho proteger.

MÃE, MULHER E MENINA
Por Jailson França

Antes de tudo é rosa
Delicada e cheirosa
Suporta os próprios espinhos
É mulher firme, formosa
Poderosa e charmosa
Que me rende com carinhos.

É supermãe em ação
Que com a própria razão
Morde-se de ciúmes
Derrete-se em comoção
Exagera em proteção
Desmanchando-se em perfumes.

Mas, como se denomina
Essa flor tão feminina,
Esse gênero de fé?
...É o amor que determina
Ser uma mãe sempre menina
Em qualquer tempo mulher.

Jéssica Rodrigues, é mineira, de
Belo Horizonte. Pedagoga,
professora, especialista em
Alfabetização e Letramento e
em Letras, Português e
Literatura. É autora em diversas
antologias adultas e infantis.

NINHO

(Para Jô Rodrigues)
Por Jéssica Rodrigues

Aninhar-me entre teus braços
Sentir teu afago e abrigo
Buscar artifícios que lhe façam eterna
E transponham o curso natural da vida

Nada parece detê-la
Incansável, se despe para aquecer-me
Relutante, enxuga seu pranto pelo meu

Como fazer valer teu afeto?
Se tudo o que faço soa mínimo
Singelo sobremaneira
Deveras pretensioso para retribuir teu amor

Do teu ventre e seio
Recobro memórias de um zelo
Que mesmo o tempo não ceifou

Na "pequenice" dos meus atos
Aporto-me e me inspiro em ti
A mãe que me tornei agora
Reflete teu ninho e agir

MATERNIDADE PERDIDA

Por Jéssica Rodrigues

Ah, que bom seria
Se em toda família
As mães fossem flor
Se os cantos de todos os filhos
Fossem melodias de amor

Ah, que bom seria
Se além de mães
Todos os filhos
Também tivessem pais
E que o ventre sofrido,
Já não sangrasse mais

Ah, que bom seria
Se tantas Marias
Vivessem em paz
Que o grito incontido nos olhos
Não se derramasse mais

Que bom seria
Se em cada mãe pudéssemos ver
A alma da mulher prenhe
Que o fruto do ventre fez nascer
Ah, que bom seria...

João Israel da Silva Azevedo, é membro da Academia Esperantinopense de Letras, Ator, Artesão, Pesquisador da Educação, Acadêmico dos cursos de Serviço Social (FEMAF), Filosofia (UNIMES) e Teologia (UNINTER). Com experiência em editoração, informática, Design e Artes.

RECEITINHA PARA SER MÃE

Por João Israel da Silva Azevedo

Com amor adicione
uma xícara de doação,
acompanhada também
de um bondoso coração.

Não esquecendo de
muitos carinhos,
e junto, um potinho
de beijinhos.

Noites mal dormidas,
e bastante paciência
também são exigidas,
para ser uma mãezinha
DES
TE
MI
DA

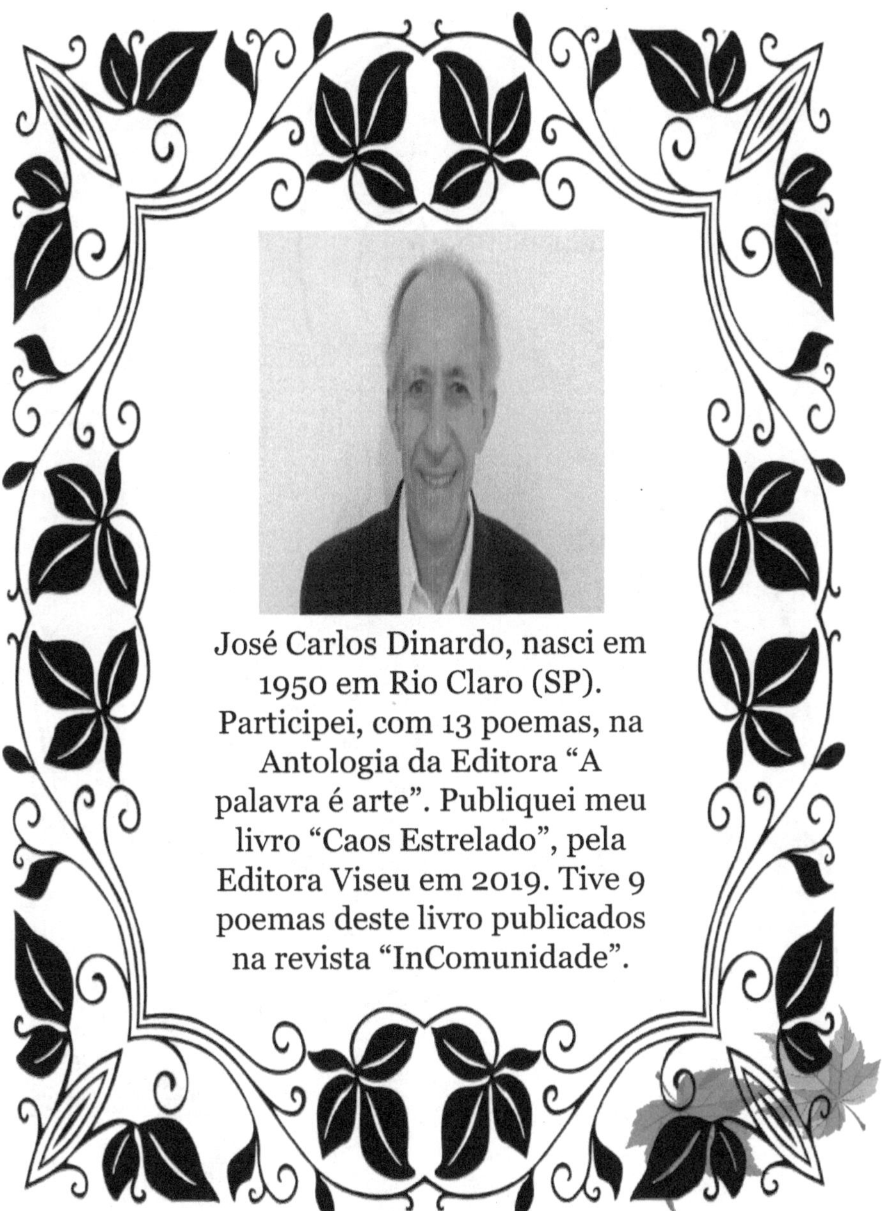

José Carlos Dinardo, nasci em 1950 em Rio Claro (SP). Participei, com 13 poemas, na Antologia da Editora "A palavra é arte". Publiquei meu livro "Caos Estrelado", pela Editora Viseu em 2019. Tive 9 poemas deste livro publicados na revista "InComunidade".

MÃOS DE MÃE
Por José Carlos Dinardo

Quando nasci foram ninho, pleno de amor.
Alimentavam, com carinho.
Banhavam, com atenção.
Vestiam, com orgulho.
Davam colo e no chão direção.
Por vezes foram castigo:
Palmadas, que doeram em quem deu.

Quando cresci, foram bússola:
O Norte do bem a indicar.

Quando a vida convocou
Foram despedida, num aperto de coração.

Nos reencontros, foram imãs,
Nas formas de abraços.
Na sua hora final juntas, em oração,
Foram chamas, a iluminar seu caminho.

Mãos de Mãe: doce encanto do carinho.

MÃE PARA SEMPRE
Por José Carlos Dinardo

Mãe! Agora és da consciência,
Esculpida nos meandros cerebrais.

Mas fostes vida: leito e peito.
Fio vital a ti me alojava,
Mão medrosa a ti procurava.

Abraços de beijos apertados,
Raros, ao te ferir o tempo.
Ósculo inútil na ausência fatal.

A ti eu tenho e a mim me tens!
Cordão umbilical com a morte,
Ao pulsar dos pensamentos.

José Fabio dos Santos Bezerra, é Licenciado em Geografia pela Universidade de Pernambuco, natural de Bom Conselho PE. É poeta ativo desde os 14 anos e escreve para *A Gazeta* de Bom Conselho.

MARGARIDA MINHA MÃE

Por José Fabio dos Santos Bezerra

Coisa boa é ter uma mãe
E valorizar ela todo tempo.
Obrigado por sorrir comigo em todos os momentos:
Margarida minha mãe.
Mãe Margarida,
Sou parte de ti.
Mãe Margarida,
És parte de mim.

Mãe é palavra pequena
De muito significado.
Mãe é um poema
Cheio de vida e rimado.
Tenho uma mãe do meu lado,
E valorizo ela de maneira plena.
Margarida minha Mãe
És importante para a minha vida.
Margarida minha mãe:
Mulher querida.

Fruto Do Teu Ventre

Eu sou o fruto de teu ventre,
Margarida minha mãe.
És o meu especial ente,
Margarida minha mãe.
Mãe é um presente divino,
Valioso como uma dádiva vital do existir.
Meu bem precioso:
Minha mãe que está aqui.

Mãe o teu valor
É como o bem da vida,
Mãe que de mim cuidou,
Mãe Margarida.
Mãe com nome de flor,
Minha mãe querida.

Mãe Margarida,
Mãe do poeta,
Mãe Margarida,
Minha mãe é essa:
Essa pessoa simples
Que cuida do lar.
Para mim é a melhor pessoa que existe
E que estou a homenagear.

Lena Macena Amazonense, de
Careiro Castanho. Formada em Artes
Plásticas e Letras, pela UFAM; Pós-
graduada em Didática do Ensino
Superior e Mídias na Educação. É
escritora, poeta e professora. É
membro das Academias: ALCAMA e
ACILBRAS. Fundadora da
AEPOCAM – Associação de Poetas e
Escritores do Careiro Amazonas.

NOSSAS CONVERSAS
Por Lena Macena

A chuva cai o dia inteiro
Insistente e sem parar
E eu cuidando de ti
Me certificando de tudo
Para que amor não venha faltar!

Abro a janela para brisa delicada
Acariciar a tua pele
Para que te sintas mais amada
E o amor que tenho por ti,
Em gestos se revele.

O teu amor compartilhado
Faz-me no tempo voltar
Foi tanto... Por ti doado
Que não se consegue avaliar
Quão grande favor,
Fez a si própria renunciar!

Mãe, quando precisavas viajar
Que ficávamos só nós,
Os pequenos choravam
Sentíamos falta de ti...
Do teu carinho da tua voz!

E nas nossas conversas
Vêm lembranças...
Do saudosismo que invade.
Foram anos de esperanças,
Lutas e cumplicidades.
Quero aqui te agradecer,
Quero tua história enobrecer.

BARCAROLA
Por Lena Macena

Mãe, nessa barcarola
Quero os meus versos decifrar
É uma canção de amor
Que os gondoleiros
A ti vão entoar.

Quero ser a tua gôndola
O amor vou transportar
E bem devagarinho,
Nos teus braços quero descansar.

Mãe,
O teu colo é aconchegante
E nem por um instante
Quero sem ele ficar

És a minha primeira Escola
A ti tenho como espelho
Quero seguir a tua bússola
Observar os teus conselhos.

E nessa gôndola
A minha barcarola
A ti vou entoar
Cantarei por onde for
Sei que amor não vai faltar!

Lorena Francisca, sou esposa,
mãe e avó carinhosa, autônoma
e escrevo nas horas de meu
descanso, horas de alegria e
felicidade.

MÃE FONTE DE VIDA

Por Lorena Francisca

...CARINHOS DE MÃE
O carinho e o amor de uma mãe
É precioso e de grande valia
É guerreira como uma onça no abrigo
Quando quer defender sua cria.

Grande como a luz do dia
Anima o coração da gente
Enche a nossa vida de alegria
Tornando noss'almas contentes

O carinho é o maior dos presentes
Que alguém sonhara de ter
Faz de nos seres humanos valentes
Estudar trabalhar e na vida vencer

Suas mãos delicadas e quentes
Quando tocam no ombro da gente
Braços de anjo que acomodam no abraço
Podendo o filho ser, um delinquente!!

AMOR DE MÃE
Por Lorena Francisca

Com meu amor, enternecida.
O maior amor, da minha vida
Eu amo tanto, tanto os meus filhos
Que as vezes, eu tenho delírios
Eu mesma, sonho seus sonhos.

Por eles, os planos mais lindos,
Já recebem os sonhos sonhados,
Sinto medo de viverem afastados,
Muito longe, dos meus cuidados
Do meu colo onde tudo começa!

Do amor, que o tempo atravessa
Do ventre para meus braços...
Pedaços queridos, da minha vida,
Que bom que Deus abençoou...
Porque minh'alma muito sonhou,
Enternecida de amor...!!!

Luiza Novaes, atualmente está
inscrita no doutorado em
antropologia, canta, batuca e
escreve, também cuida do
jardim. Ela sonha com dias
melhores.

Por Luiza Novaes

Do que não se fala

Não há quem
Fale das manchas
Na pele,

De dores
Indescritíveis
Como falar das dores?

Quem, ainda
Expõe cru e nu
O que não foi
Ou pior, deixou sem ser.

Mãe, pai:
Eu não Sou.

Os heróis erraram,
Erraram quantas vezes
Antes de poder dizer:
-Venci a mim mesmo.

E os mestres,
Homens que se ouve dizer
Mas se existem mesmo
Ainda, ainda...

Posso tentar me
Manter firme
Por quanto tempo
Suporto meu peso?

Sei quase nada
Cruz fincada
Lá no peito.

Marcia da Luz Leal, Professora de
Língua Portuguesa/Espanhola,
Bacharel em Hotelaria, mestrando
em Políticas Públicas e
Desenvolvimento. Contribuições com
as Revistas: Sures, Duc in Altum, El
Almacén. Livros publicados: Lixo o
que fazer? Contos da Fronteira:
Histórias do Cotidiano Militar na
Fronteira, Percepção Ambiental,
Prática dos 3 R'S na Hotelaria, Vozes
da Educação, Parem as Máquinas:
Conto, Crônica (Antologia).

DAQUI UNS INSTANTES
Por Marcia da Luz Leal

Daqui uns instantes, em um dia de exímia importância,
Você nascia de minhas entranhas, surgia para fazer parte
desta vida,
Vida terrena, por vezes amarga, e por vezes doce e serena.
A partir deste dia não existiu mais rotina amena,
Cada dia foi ímpar, de correria, travessuras e euforia,
Afinal, vida de mãe é isto, é sim servidão e utopia.
E no balanço do berço, em uma e outra canção de ninar...
Em meio a noites mal dormidas, mas logo esquecidas,
Seguiam-se os dias em alegrias e risos esmeros a primar
Surpresas e encantamentos perante cada balbuciar.
Vida de mãe é um vai e vem de emoções,
Ora se ri, ora se chora e por lampejos se perde a paciência,
A única certeza que se tem é que:
Após a maternidade nunca mais se descansa, quem sabe se
cansa!
Nunca mais se deixa de pensar no filho que ao mundo veio
habitar.
O cuidar, o se preocupar e o admirar é eterno,
Passam-se os dias, meses, anos, e o encantamento lá está.
Surge a cada dia a certeza de que o amor de Mãe é
contínuo,
É verdadeiro e sem pretensões.
Dar a Luz, dar a Vida, recorrentes
Emoções!

CANÇÃO DE NINAR
Por Marcia da Luz Leal

Em noites faceiras, no aconchego do lar,
De minha amada mãe se ouvia as ímpares canções de
ninar,
Canções que embalavam nosso sono,
Espantava nossos medos, meros desenganos,
O corpo pouco a pouco amolecia, e em deleite sereno o
sono vinha.
Com o sono os sonhos, e também os pesadelos.
O medo de a visagem aparecer, ou de xixi na cama fazer.
Afinal éramos crianças, inocentes e tementes,
Não sabíamos nada sobre o mundo, e as maldades nele a
reinar.
Tementes ao escuro da noite, crentes nos pedidos às
estrelas a cintilar.
Os anos passaram, os medos mudaram.
O aconchego de outro lar surgiu.
Porém, as canções de ninar não mais se ouviram.
Mãe querida, sua voz afável sempre recordarei.
Sua benção e canção de ninar, aos meus filhos replicarei!

Maria das Graças Lima Corrêa,
GRAÇA LIMA, Professora
especializada em Arte Educação
pela UNB, compositora,
teatrólogo, folclorista e Cantora
com 05 CDs lançados: Raios de
Sol, Fala Coração, Criança Cidadã,
Cinquentenário e Te adoro
Senhor.

OLHAR DE MÃE
Por Graça Lima

Como de costume todas as manhãs,
após preces, louvores, agradecimentos,
Caminho, caminhei lentamente
Ao encontro dela.
Bela estátua viva, majestosa,
Com as mãos estendidas,
Protetora!
Esperava as minhas.
Ao toque de suas mãos,
O carinhoso enlace. Murmúrio,
Doce balbuciar
"a bênção mamãe!"
-Deus te abençoe filha! ...
Veludo, palavras suaves
Que me aqueceu o coração.
Estática fiquei, bem próxima a ela cheguei,
E, observando com atenção aquele rosto lindo
eu vi, o que ainda
Não tinha percebido, a beleza daquele olhar,
firme e forte, Penetrante!
Duas pedras esmeraldas puras
A me fitar, que olhar! ...
E eis, que ali me vejo
Em pequeninos quadros perfeitos
Emoldurados. Sou eu?
Nunca me vi mais linda!
Do que ali refletida,
Na menina daqueles olhos
Naquele doce olhar.

Matheus Bento Costa, sou natural de
São Paulo, nascido em 21/02/1991,
formado em Direito e Mestre em
Direito Político e Econômico. Leio e
escrevo para enriquecer o meu
mundo. Com sorte, talvez enriqueça
o de mais alguém.

CONFESSA INGRATIDÃO

Por Matheus Bento Costa

Mãe,
Tem dias que eu me dou por vencido.
E dias que eu até perco o juízo.
Mas você, sem nenhum pedido,
Vem e ama
Esse caso perdido.
Por isso eu agradeço.
Não por me trazer ao mundo, que é cheio de empecilhos.
E sim por ter nascido
Seu filho.

MÃES NA HISTÓRIA

Por Matheus Bento Costa

De corações apressados nascem
Sentimentos descuidados
Que tornam o homem um completo desvairado.

Mas, o que é um grande homem
Sem sua enorme paixão?
Não foi Alexandre domado por Roxana
E César conquistado por Cleópatra?

É que o sentimento do peito aflora
E faz adoráveis
Os vícios de Pandora!

Paulo Roberto Silva, nascido 19.10.58 em Bauru/SP. Mestre em Serviço Social. Participou de diversas antologias/coletâneas. Possui quatro livros solos, sendo três de poesias/poemas e um de contos.

MÃE É...
Por Paulo Roberto Silva

As flores abrem as pétalas
Mãe abre os braços
E o aconchego do abraço
É festa e cores no ar.

O sabor doce das frutas
É sabor de beijo de mãe
Saboroso e gostoso
Para o coração alegrar.

O calor quente do sol
É calor do colo de mãe
Que traz alento à alma
E faz o corpo suportar a dor.

O frio é suportável
Quando temos nossa mãe
Que dá guarida e força
E faz o frio esquentar.

Mãe é vida
Mãe é flor
Mãe é força
É caminho e muito amor.

OLHAR DE MÃE

Por Paulo Roberto Silva

Nos olhos de uma mãe
Encantos de descobertas
Amor vivido e revivido
Incentivo para uma vida
Causa impacto e não te deixa estático.

Nos olhos de uma mãe
Não se vê a derrota
Revela-te a rota
Atualiza-te nas mudanças
E te projeta o progresso.

Nos olhos de uma mãe
A gente vê altivez
Energia e sensatez
Na cadência do ser
Revela essência viver.

Nos olhos de uma mãe
Pensamentos sem conflitos
Viver e desvendar a vida
Doce mistério de olhar
Encontros e paz só nos traz.

Rosa Maria da Silva Gonçalves é paulista. Na atualidade, cursa o Doutoramento em Estudos Africanos, no ISCTE-IUL. Professora de Língua Portuguesa e Literatura no IFRO. Com orgulho é mãe do Daniel e do Aílton.

ENLACES ETERNOS
Por Rosa Maria da Silva Gonçalves

Na descoberta de ser mãe, as transformações começam...
A aceitabilidade de gerar o fruto abençoado no ventre,
Causam mudanças internas e externas, gradativamente.
A cada dia as novidades acontecem nos lados opostos.

O ser interno busca os alimentos necessários à
sobrevivência.
O ser externo proporciona o alimentar contínuo à
sobrevivência.
Em sintonia com o chegar do novo ser ao universo, ela se
desdobra.
Torna-se a luz a guiar e proteger os caminhos retos da
pequenina vida.

Mãe e filho iniciam o enlaçar, aos poucos, com muito amor
e gratidão.
Ambos passam a revelar os sentimentos dos infinitos laços
contínuos.
O entrelaçar das vidas inicia-se apenas pela harmonia dos
corpos.
Com isso, a força do verdadeiro amor transparece nos dois
lados.

A cada momento, o carinho desdobra e as vidas tornam-se
apenas uma...
A mulher acaricia a sua barriga em crescimento e a cada
dia agradece...
Até mesmo é possível a mudança do substantivo amor,
sem dúvidas,
Para o verbo amar, pois as ações são mais fortes que as
emoções...

No início da vida, a mãe carrega o filho no seu colo
materno,
Para que, no futuro, o filho carregue a mãe em seus braços.
Imensurável a ligação entre as gerações da mãe e do filho.
Um amor sem limites e verdadeiro a despontar dia a
dia.

AMOR INFINDÁVEL...

Por Rosa Maria da Silva Gonçalves

Em suas direções, incansavelmente, olha.
Vigia com carinho os trajetos dos filhos.
Perto ou longe, é sempre o porto seguro,
Dos frutos gerados no ventre materno.

Palavras de conforto e carinho proferidas,
Com elas seguem os conselhos maternos.
A mãe ama sem limites, sem distinção.
Os seus pedidos são sempre atendidos.

Independente da idade dos filhos gerados, 21 anos ou 16,
O amar é igual e eternizado por laços de gratidão e
orgulho.
Mãe, a heroína real, vive pelos filhos e para eles.
Nem mesmo a distância é capaz de separá-los.

A mãe é presenteada com vidas para serem cuidadas,
A mãe é abençoada, sem limites, a cada pleno segundo.
A mãe é a prova do amor imensurável, real e verdadeiro.
A mãe é a marca do amor tatuado para sempre no coração.

Sandra Tochio, nasci em São Carlos em 02/02/1958. Cresci acreditando no ser humano, sonhando com um mundo melhor, casada há 46 anos, com Dario, meu grande companheiro, mãe de três filhos, netos que transformaram minha vida. Escrevo por vocação, sou leiga, mas o que não me falta é inspiração.

SER MÃE

Por Sandra Tochio

Papel difícil o ser mãe, por isso foi destinado a mulher, que tem a medida certa, para seu filho criar, nunca se deixa enganar.

Se tem uma coisa que é certa, tente e verás, a mãe sabe só de olhar que tem algo errado, sente na pisada, no engasgado que seu filho dá, se fez algo errado a mãe consegue perceber, e não adianta tentar esconder, ela tem um pouco de bruxa, advinha sei lá o que, é um mistério, não tente entender...

Se a mãe disser, filho não vá, pode escrever se teimar vai se arrepender, pois ela sabe de antemão que algo vai acontecer, e isso se deve ao amor que traz contido no peito, que cuida dos seus filhos, com extrema atenção, deixando de viver, para que nunca lhes falte o pão.

Mulher sem igual
Amor incondicional
Entre todas foste escolhida,
Nada há igual!

MÃE

Por Sandra Tochio

Mãe, suave como o céu, terrível como leoa, se tentam atacar um filho seu...

Luta até as últimas consequências, sem desanimar jamais, pois sabe que o fruto do seu ventre, merece uma segunda chance, e como se diz: - pois quem pariu Mateus balance...

Mulher de fibra essa, com nome tão pequenino, Deus a escolheu para gerar seu menino, e sendo a mulher do Sim, a terra inteira a venera, Mãe igual Maria o foi, orgulho de toda a terra, deixou seus traços em toda mulher que gera vida, pois amor de mãe não tem a que se comparar, é único, é Divino, não tem nada igual, Deus a fez e jogou fora a forma, para nunca ser maculada, a mãe da ternura é mãe de todas as graças.

Tauã Lima Verdan, mestre e Doutor em Ciências Jurídicas e Sociais pela UFF. Autor dos livros: "Fome: Segurança Alimentar & Nutricional em pauta" (2018); "Segurança Alimentar & Nutricional na região sudeste" (2019); "Versos, Inversos & Outros Escritos" (2019); "Indrisos em Versos" (2019); e "Efemeridade em Versos" (2019).

SONETO À MATERNIDADE
Por Tauã Lima Verdan

A mais bela dádiva o corpo revela em intensidade
A beleza demonstrada, a formosa maternidade
A vida crescente no útero materno em profusão
Eleva a alma e aquece intensamente o coração

Milagre que se revela no mover da pequena criança
Uma lufada de brisa no corpo, a gota de esperança
A promessa de uma renovação na vida a nascer
Faz o coração palpitar e o espirito se enternecer

Maternidade revelada no anseio do zelo e cuidado
Um desvelo manifesto, um carinho descompassado
O coração a bater fora do peito em grande amor

Os sonhos dos filhos é a pessoal realização materna
Com as mãos sempre suaves e a acolhida tão terna
É a manifestação incomparável da vida em ardor

MATERNIDADE

Por Tauã Lima Verdan
Poema dedicado à minha querida mãe, D. Edna Maria.

Mil versos rimados e minuciosamente cadenciados
Ainda assim, muito pouco para o amor expressado
É a maternidade uma dádiva em meio a tristeza
Um oásis seguro a um cenário de tanta aspereza

Encontra-se na mãe a força pulsante do maior amor
Renuncia-se a si mesma em prol dos filhos em ardor
Dedica-se com insistência para suprir as dificuldades
Ultrapassa os tropeços, os erros da humanidade

Palavras de incentivo sempre na senda trilhada
Encontra no êxito do filho a premiação acalentada
Esperança banham os olhares tão ternos e carinhosos

O sorriso é uma fagulha brilhante, um lampejo a guiar
Por caminhos tormentosos e escuros é a luz a aclarar
É uma muralha forte em tempos medonhos e nebulosos

Terezinha de Jesus da Silva – Terê Silva – Membro Efetivo da Academia de Letras de São João del-Rei - MG, 63 anos, três filhos, uma neta, quatro livros de poemas publicados (2004-2019), um livro no prelo e outro sendo escrito. Participação em Antologias em 2020, com poemas, cordel e contos.

SER MÃE: AMOR SINGULAR

Por Terê Silva

Ser mulher é ter a graça de poder ser Mãe
Ser Mãe é descobrir a grandeza de ser mulher
É a felicidade plena de viver o amor
Na essência de sua singularidade

Ser Mãe é iniciar uma luta constante
Entre o desejo de não me afastar dos meus filhos
E a necessidade de sair para o trabalho
Para prover o seu sustento

Ser Mãe é viver na contradição
Sorriso na presença
Choro em silêncio
Na distância, preocupação

Ser Mãe é o conhecimento
É o entendimento de sua vida como filha
É ser exemplo para os filhos
É a busca por não errar jamais

Ser Mãe é ser grata a Deus
Por uma vida feliz
Três filhos como herança
De um amor que só eu senti

FILHOS SÃO ANJOS
Por Terê Silva

Os filhos são anjos
Que descem do céu
E perdem suas asas visíveis
Ao chegarem em nossos lares
Com elas continuam
Escondidas e camufladas
Em suas ações e gestos de carinhos
Em seu respeito por seus pais
Em sua interlocução com os adultos
Em seus relacionamentos mais constantes
Em seu casamento
Em sua paternidade ou maternidade
Filhos são Anjos
Que vivem na terra
Para transformar mulheres em mães
Homens em pais
Filhos são Anjos
Para gerar novos filhos
Anjos gerando novos Anjos
Dando continuidade à vida

Vanessa Belo, é pós-graduada
em Psicopedagogia, nascida e
residente em Brasília. Escritora
e poetisa desde a infância.
Vanessa é romancista e teve seu
primeiro romance *"Amor
Amigo"* publicado em 2019 pela
Cartola Editora.

AH, SER MÃE...

Por Vanessa Belo

Ser mãe é voar com pés no chão
É ter abraços de algodão
Dormir pouco para viver

É ter no coração um ninho
É dar à luz os passarinhos
É sempre ver o sol nascer

Ser mãe é sorrir quando chorar
É ter um universo no lar
É dizer não, querendo o sim

Ser mãe é bater fora o coração
É viver de alma na mão
É plantar no peito um jardim

Ser mãe é morrer de tanto amor
É sorrir sentindo dor
Ter certeza na indecisão

Ser mãe é força que nunca falha
É ser da família, a muralha
Ouvir cantar o coração

VOCÊ, MÃE...

Por Vanessa Belo

Você é nuvem do céu de algodão
Você é rosa de um lindo jardim
Você é quem sempre estende a mão
Você, mãe, é tesouro para mim

Você é chuva de um lindo verão
Você é sol de um dia feliz
Você é estrofe de bela canção
Você é a paz que eu sei sentir

Você é forte e sempre capaz
Mas é tão pequenina se chora
Uma rocha que é tão sensível

Seu amor é fonte que jorra
É guarita que você me faz
Para que eu seja invencível

Willame Belfort, é natural de São Luís – MA. Pianista, compositor erudito e professor do NAAH/S Joãosinho Trinta; recentemente, apesar de jovem, tem se revelado como escritor e vem angariando conquistas literárias.

FLOR DE MÃE

(À minha querida professora Rose Fontoura)
Por Willame Belfort

Dentre todas as flores
Não procuro a mais bela,
Muito menos a singela;
Se for assim será em vão.

Dentre todas as flores
Não procuro a fragosa
Muito menos a fedegosa,
Pois continuará pelo chão.

Dentre todas as flores
Não procuro cores
Muito menos sabores;
Sendo assim nada são.

Dentre todas as flores
Eu procuro aquela
Doce flor que esmera
A nobreza de mãe.

BILHETE POÉTICO
(À minha amada avó Theodora R. Pinho)
Por Willame Belfort

Vejo em teu olhar já cansado
Sentimentos ternos.
Vejo em teus braços pelo tempo alcançados
O vigor materno.
Vejo em tua fala agora mansa
O teu ser pueril
E ainda vejo em teu riso e gestos
O amor gentil.

A MAIS NOBRE CONJUGAÇÃO DO VERBO AMAR

Por Eriberto Henrique (O Editor)

Não é um tema fácil de abordar,
Mãe é praticamente uma divindade,
Uma pérola que nasce no fundo do mar,
Com sabedoria e espiritualidade.

Mãe flor dos jardins secretos,
Rainha celestial,
Ministra dos sonhos concretos,
Uma luz na luta contra o mal.

Saudades, beijos e carinhos,
Conselhos que parecem pergaminhos,
Ditos ao pé do ouvido.

A mais nobre conjugação do verbo amar,
Poema feito a luz do luar,
O doce amor enternecido.

Agradecemos carinhosamente a Deus, pois sem a sua permissão nenhuma realização seria possível, de podermos idealizar e principiar o projeto Coletânea Fruto Do Teu Ventre.

Nossa imensa gratidão aos autores participantes, que se envolveram nessa temática maternal, com as suas mais belas expressões poéticas envolvidas de sentimentalismo, suas memórias mais singulares, e sobretudo, com a partilha de momentos significativos determinantes na construção desta valiosa obra.

Com apreço;

Julliane & Eriberto

Nossas Antologias

Antologia de Contos No Silêncio da Madrugada- 2018

Antologia Poética Metropolitanos - 2018

Antologia Poética Flor da Manhã Vol.1, Vol.2, Vol.3 - 2019

Antologia de Contos Gotas de Inverno – 2019

Coletânea Poemas Contemporâneos – 2019

Antologia Poética Da Luta Ao Luto - 2019

Antologia Poética Metropolitanos – 2019

Coletânea Mensageiros do Amor - 2019

Antologia Poemas & Micro Contos Noite Feliz – 2019

Antologia Poética 40 Graus de Versos - 2020

Antologia de Contos Presença Oculta - 2020

Antologia Poética Essência Feminina – 2020

O mundo precisa de amor,

O mundo precisa de livros!

Eriberto Henrique

EHS Edições
100